KB233152

사랑하는 이여
바람 부는 밤에 나는 더 사랑한다

사랑하는 이여

바람 부는 밤에 나는 더 사랑한다

초판 1쇄 펴낸날 / 2003년 10월 7일

펴낸이 • 임형욱 | 지은이 • 이동녘 | 편집주간 • 구광본 |
편집 • 김경실 정민숙 | 디자인 • 유정연 | 영업 • 이정욱
펴낸곳 • 행복한책읽기 | 주소 • 서울시 중구 필동3가 15 문화빌딩 403호
전화 • 02-2277-9216,7 | 팩스 • 02-2277-8283 | E-mail • heenyun@chol.com

인쇄 및 제본 • 구림기획인쇄 | 배본처 • 뱅크북
등록 • 2001년 2월 5일 제2-3258호 | ISBN 89-89571-21-9 03810 | 값 • 6,000원

• 이 책은 성남시문화예술발전기금의 지원을 받아 제작되었습니다.

사랑하는 이여
바람 부는 밤에 나는 더 사랑한다

행복한책읽기

추천사
― 이동녘 시인을 추천한다

김규동(시인, 민족문학작가회의 고문)

천막교회 목회자였고 어느 회사의 수위였으며 지금은 달동네 이발사인 이동녘 시인의 네번째 시집『사랑하는 이여 바람 부는 밤에 나는 더 사랑한다』를 널리 추천합니다.

이동녘 시인은 누구보다도 삶, 그것을 직시하며 시를 연마하는, 그늘에 숨은 시인입니다. 거짓말이 없는 시를 다만 한 편만이라도 써 보려고 고투하는 나의 젊은 친구입니다. 나이로는 후배에 속하지만 서로 마음이 통하여 의지하고 사는 분입니다.

시인은 불행한(너무나 억울한) 교통사고로 아직도 후유증을 앓고 있는 부인을 위해 그 모든 것을 희생하고 억척같이 삶을 꾸려 가는 초인적 의지를 지니고 있지요. 그의 시는 이와 같은 절망 속에서 혹은 그 사투 속에서 빚어진 것들입니다.

첫 시집『비익조』를 비롯한 이 시인의 시집들을 혹 보신 분이라면 이번의 시집 역시 첫 시집처럼 땀과 피로 씌어진 가작(佳作)들임을 곧 발견하리라 믿습니다.

이 시집 역시 시인의 일관된 시 정신을 이어받아 고통의 뜻과 인간의 목표가 어떤 것인가를 거세게 묻고 있는 시인의 내심(內心)을 직감하게 되겠지요.

이동녘 시인의 시가 갖는 본질은 목소리 낮은 저항 가운데 있습니다. 역사 모순에 대한, 혹은 인간 자체의 조건을 향한 반항이요 절규라 하겠습니다.

30퍼센트의 낭만, 30퍼센트의 상징주의, 40퍼센트의 생활적 리얼리즘이 수놓아졌습니다. 그러나 낭만주의라든가 상징주의(암유를 포함한) 같은 것은 장차 사라져 갈 것들이 아닌가 합니다. 그렇다는 것은 시 쓰기의 세월이 한바탕 지나가고 나면 대개의 경우 견고하고 투명한 표현술로 잦아들게 되는 게 상례이기 때문이지요. 그 다음에 남는 것은 강철 같은 리얼리즘의 실천입니다.

나는 이런 징후를 시집의 곳곳에서 보고 있습니다. 리얼리즘에의 성공적 돌진을 갈망하면서 이 시인이 더욱 강한 펜을 구사하게 되기를 빕니다.

에스프리가 번뜩이는 몇 개의 시구를 살펴봅시다.

'산다는 건 / 녹슨 못에 걸려 서걱이는 / 저 시래기 소리와도 같았어' (「등마루촌 이발사」 첫 3연)

'보아라 한 치 앞 몰라 와들와들 떨고 섰는 저/개 한 마리/
를 바라보고 섰다가 아뿔사 속주머니에 / 면도칼 자국이,'
(「죽음에 대하여」 뒷부분)
'훔치는 백화점에 훔치는 소녀들이 모여 / 배시시 웃음 날
리며 내숭 떨지만 / 알고 보면 엉큼한 장사치가 그녀들을 훔
친다' (「훔침에 대하여」 중간 부분)

이와 같이 이동녘 시인은 말을 견제하여 거기에 솟구쳐 나
오는 비밀스런 효력을 엿보고 있는 것인즉 장차 더욱 새로운
화법으로 우리들의 시심(詩心)을 움직여 줄 것을 기대하여 마
지않습니다.
시인은 외롭지 않습니다. 그에게는 둥글고 굵고 강한 시의
맥이 아직껏 흐르고 있기 때문이지요.

• 차례

2
그대의 눈물 속에 엘리사가 서 있다

3

도림리에서

4

시인 예수

1

화려한 가난의 빛

부치지 못한 비밀

그런 게 있더라
사람에겐
알릴래야 알릴 수 없는 것 하나
어쩌면 저 홀로 품고 갈 수밖에 없는,
그런 게 있더라

길바닥에 껌자국은
세월 가면 닳아지던데
밟아도 밟혀도 없어지지 않는
그런 게 있더라

한때는 알리려 해 보았어도
새장 안의 새처럼
이 세상에 갇히어
두고두고 품고 가야만 하는
한 목숨자락 끝까지 말 못하는
오, 그런 게 있더라
일생을 그림자 지는.

사랑하는 이여 내가 눈물로 요를 적실 때마다
그대는 별빛으로 걸어 오는가

수많은 재림예수가 불어 왔지만
애초에 구원은 없었다 사랑이여
관념이 아니라 먼 산울림 속에 떨리는 패랭이꽃처럼
차라리 어둠을 끌어안고 나는 떨리는 패랭이꽃처럼
밤마다 눈물로 이불 적시며
별을 노래한다 사랑이여
때 묻은 손을 들고 저문 강가를 찾아
노을처럼 흐느끼며
내 불가사의의 얼굴을 씻는다
심장의 고동 소리 아직은 느끼기에
피 흘린 발자취를 더듬거리면서
피의 꽃들 웅성이는 이 거리를,
슬픈 잠 훔쳐다 덮어도 본다
사랑하는 이여
이 아픈 세월을 품기 위하여
나는 인간사에 흘러나오는 뱀의 허리에
영혼의 피리 소리 한 구절 내려 찍으며
이제는 절대적이라 생각했던
그 모든 것을 별빛 아래 묻어 두기로 한다
붉은 신열로 떨려 오는 세상살이에

우리의 뒷산은 더 깊어만 가고
비로소 그대가 별빛으로 걸어오는 밤
나는 아스피린을 먹고
깨어나는구나 부활하는구나
칼끝처럼 푸른 그대의 눈물 속에
다시 별이 뜨는구나 사랑이여.

그녀의 밤

1
칼처럼 달려든 자동차에 쓰러진 그녀는
도시의 벌판 위에 개처럼 흐느끼다
깊은 밤 새어나오는 신음 소릴 막으며
깨진 상처를 징징 핥는다
그녀는
어리석다 못해 바보가 된 그녀는
은사시나무 반짝이는 고향도 잊었을까
창가에 부서지는 별을 주워
고향의 멍든 바다를 꿰매고 있다

2
그녀는 일이 없다
적적하다
그녀는 섬
바람만 분다
바람에 파도만 밀어닥쳤다
밀려가고
그렇게 또 하루해는 가고
묶어 둔 뼈를 타고

하루해는 흘러온다

3
밀려가는 사람들 속에
어둠이 풍경 소리로 물들어 오면
그녀는
꿈을 서걱이며 다림질한
붕대를 풀며
불면의 뜨락을 뿌리처럼
털고 일어선다
사각사각
밤은 깊어 가고
엉킨 가슴으로
그녀의 어두운 기억의 파편이
찢어질 때
온 세상 파묻은 푸른 바다 위에
별이 내리고 있다

춤추는 신부

엄숙한 드레스에 눈 내리깔고 있어야 할
몸짓 하나에도 이목을 집중해야 하는
나는 오늘 고정관념을 무너뜨린 신부
비 그치자 새순 움트는 소리 들리고
오, 곳곳마다 봄을 홰치는 비둘기
바위틈 사이마다 조팝나무 조팝들이
터지는 입술에 이슬방울 내리는데
먼 산을 평지처럼 달려오지 않아도
나는 알아
내가 문을 잠갔을 뿐, 그대 내 문고리에 매달려 있었네
내 사랑 내 완전한 이여 문 열어다고
밤새워 내 이름 부르셨으리
언제 깨어났나 이 아침 나도 몰래
빨갛게 달아오른 얼굴 좀 봐
들러리 선 들판에 꽃들일랑
부케가 되고 왕관이 되어
맑아서 눈물 나는 사랑이여
비 그친 들판에 서면
둥개둥개 날 업지 않아도 나 그대에게 미쳤어라.

결혼열차

그대와 나
뜨거운 목숨의 징소리로 만나
그대는 완행열차 꽁무니에
나는 머리 위에 앉아
천둥이 칠 때마다
어둠을 깨며 달린다
별빛 한 송이 흔들리면
검푸른 눈물로 그대를 부르며
내 가슴 빈 자리에
따라올래야 올 수 없는 그대를 태우며
손짓 발짓 해 보지만 차창엔 다시 밤이 숯고
아픈 이 세월의 발자국을 지우며
날아가는 얍복 강변엔
바람의 피가 울고 있다.

장사리 일기

밤마다 연탄 보일러 끓는 소리에 놀라
우린 시린 손을 옴켜 쥐었다
남강변엔 마른 풀잎들의 몸부림,
몸부림 속에서 길을 여는 물들의 조용한 소리를 들었다
탱자나무 울타리에 싸락눈이 부서지고
더 많은 길 엎어져 왔다

천막교회 전도사,
크리스마스 트리가 사라지면
아이들도 모두가 사라지고
뱃속에 든 아이를 달래면서
여기선 태어나지 않겠다고 바람이 드세게 불었다
언제까지 소금기둥을 심어야 할까

토마토 씨 뿌리던 봄이 오고
꽃다지 논두렁마다 수런수런 피어날 때
혼자는 남을 수 없어
너와 함께 침몰한 救世軍
모든 것을 던져 버렸다
출렁이며 더 낮은 곳으로 작살을 피해 가는

어느 돌고래처럼 나는.

아내의 별

1
아내는 구세군의 별을 딴다고 했다
새 새끼처럼 총총 뛰어다니던 아이를 떼 놔두고
그나마 남편을 꿰매어 고향을 떠나던 날
먹장구름 사이로 빗물만 흘렀을 뿐 별은 보이지 않았다
가려진 하늘을 헤아리며
아이가 가슴에 뿌려 놓은 별 그림자로
밤마다 눈물로 요를 적실 때 미 대사관 앞에선
최루탄 연기만 피어올랐다

2
문화방송 안테나 위에 하얀 새가 되어 올라간 아내는
아이의 눈동자에 서린 별 그림자를 풀기 위해 구세군 기를 흔
들었으나
흩어지는 바람 속에 구세군 사관학교가 몸을 떨고 있었다
비로소 목이 쉰 자선냄비가 아내에게 종소리를 건네주던 날
세종로 모퉁이를 뚫고 돌아온 아내는
끓는 솥불 앞에 주저앉아 아픈 다리의 붕대를 풀다가
솥뚜껑을 열고 올라오는 별 한 송이를 보았다
뚝뚝 물이 떨어지는 푸른 별 한 송이

아! 그 별을 먹어 삼킨 아내는
성남의 가파른 언덕을 향해 출렁이며 출렁이며 떠내려가고
있었다

그믐밤 노래 1

오늘 그믐밤
교통사고로 몸을 앓던 한 아낙이
밀려오는 사람의 파도를 헤치며
예매해 둔 차표 없이 친정에 갔다
앉으면 잠이 쏟아지고 걸으면 몸이 삐걱이던 사람
당신의 곁에는, 친정의 삽작에는
울고 간 날을 위해 염소 한 마리 여태 매어 있었다
불우하게 태어나
스물 셋의 꽃다운 꿈을 날지 못하고
기진한 오늘에 몸을 바쳐 삶을 고백하는
염소의 목메인 울음소릴 듣는 사람아
그날
비 오는 골목길 어귀에서 살려 달라 비명치던 너를
살려 달라고 다시 들이받던 그 운전사같이
불행하게도 하나를 치어야 흘러갈 수 있는
한 시대의 어두운 물줄기 앞에
그믐밤
이슬에 젖은 눅눅한 밤바람이
목젖을 타고 날아오고 있다.

그믐밤 노래 4

다시 그믐밤
차표 한 장 없이 너를 띄워 보내고
나는 어둔 하늘 두드리며
이 어둠 속에서도 여전히 숨 쉬고 있는
소망의 심지 하나 끌어올려
밤 깊도록 기도의 불 밝히고 있다
방 안의 세포가 떨리기까지
자다가 눈 뜨면 다시 무릎 꿇으며
사랑이여! 한 세월 끌어안고 살아가지만
그러나, 촐랑촐랑 붙어 다니는 새끼 하나 늘 달고
부대끼며 걸어가는 그믐밤은 가지 않는구나
숨 죽이며 지켜보던 별들이 어깨 위에 무너져 내리고
나는, 그대 떠난 이 자리에
허물처럼 벗어 놓고 간 통치마 바라보며
은혜의 물만 마시고 있다.

나를 잃은 기도 속에
이제, 숨찬 고개 절룩이며
넘어오고 있는 당신이여.

밤편지 1

1

우리가 경운기를 타고 오던 밤에
흐느끼던 별처럼 서울이 흔들리고 있다
내 둥지를 틀기 위하여
온종일 비탈을 뒤지고 다녔으나
소매깃만 땀 속에 차오를 뿐
그저 막막하여
시들은 망초처럼 고개만 숙이고 있다

2

두고 온 아이가 내 눈 속에 찔리어 오고
어찌할까 그대여
내 몫을 묶어 달라고
검은 하늘에 메아리를 뿌리며
나는 널브러진 골목 사이사이마다
떨어져 있는 별을 줍고 있구나

밤 깊은 사랑편지 2

한 뼘 얼어붙은 달이 아홉 자 검정 무늬 장농에 부딪혀
어른거릴 때면 지붕에 펄렁이며 나를 야단치는 천막의 소리
매어 둔 돌멩이마저 굴러 떨어지는 소리 삐그덕삐그덕
삭아서 폐허가 된 저 을씨년스런 빈 대문같이 우리
귓속을 후벼 파는 상못대의 몸트는 울음소리여
시려서 잠 못 드는 귀를 손을 뻗어 서로 덮어 주며
달동네를 다 허물고 높아서 서러운 저 오 층 육 층 연립주택
사이로 팍 찌그러진 세 식구, 뎅그렁 남았구나
오늘 밤은 쥐새끼마저도 웅크려 오줌 그리던 날을 지워 버렸다
얼어 터진 수도관 위로 밤새워 콸콸 꿈이 흐르고
이대로 우리 몸마저 파먹어 가는 이 집 주인 없는 주인의
염통 안으로 우리 삶이 흐른다
돌아누운 채 한숨에 찔린 방바닥엔 고장난 연탄 보일러가
바퀴벌레 숨은 꽁지를 더듬고
오슬오슬 등이 휘인 채 우린 다시 저 푸른 달 그림자 속으로
파고들고.

길

더는 낮아질 것 없는 세월 속으로
강남 지하상가 은행 수위의 제복을 입고 걸어 보면
바람 찬 길 위에 나부끼는 생들이 이리저리 길을 묻는다
동화서적 구석진 자리에 잠깐 쭈그리고 앉을 시간도
없어서
갈대의 머리처럼 여기저기 손짓 발짓 길을 안내하는
수위야
세상의 끝까지, 귀뚜라미 밤을 새워 날개 부비듯
열을 받아 태운다
우리가 알든 모르든 가을은 저물어 가리라
비디오 대여점 앞 만화영화 PR에
물결쳐 오는 사람들 바라보면
어두웠던 날들이 저들끼리 웃기도 하고 울기도 하는데
길을 묻는 생(生)이여!
아니 길을 안내하는 수위여
지하상가에 활짝 지느러미 펴고
오늘 우리가 다시 찾아 부를 노래를 만나자
누구나 길을 묻는, 길을 가르쳐 주고 있는
나침반이 가슴에 하나씩 솟아나고 있다
강남 지하상가 살아 있는 상가 속을 헤엄쳐 가는.

별

별을 훔쳐보던 시절이 있었다
강남 지하상가 동화서적 구석진 자리에
시인도 빛나는 별이 되리라는 꿈을
꾼 적이 있었다.

판자 틈 사이로 스미는 겨울바람 속에
언젠가는 한 권의 시집을 내고
부끄러워한 적도 있었다
그리 먼 것 같지도 않는데
벌써 사십대의 터널을 다 지나며
굵은 반추동물처럼 뼈가 시려 온다
관자놀이 펄렁이며 침방울 튀기던 밤도 지나고
달아올랐던 캠프 파이어도 식어 간다
마지막 사위어 가는 저 모닥불처럼
나는 혼신을 다하여 태우리라
시여, 역마살에 발이 아린 내 인생에
언제나 좋은 애인이 되어 주었던 시여
오늘도 그 타오르는 가슴으로 반짝인다
이 광활한 우주에 누가 보아 주지 않아도
울어 주지 않아도.

밤마다 짖는 개

새벽 근무 나가야 하는 날
안간힘 쓰며 잠을 자야 하는
또다시 멍해진 머리를 잡고 씨름을 하노라면
앞마당에 매어 둔 저 시커먼 개가
짖는다, 무슨 일일까 밤마다
시나브로 짖는 개를
귀먹은 주인에게 말할 수 없어 달래며 들어오는

파자마 바람에 을씨년스런 나를, 밤마다
조롱하는 은행동, 남한산성 창 너머로
처처에 빌딩 공사하느라 세워 둔 컨테이너
창고들이 맞물려 비비적거리는 풍경을 바라보면
날 밟고 저리 짖어 대는
검은 개 속으로 들어가
벌겋게 취하도록 짖어야 하는
쾡한 눈, 그러나 아직도 살아 있는 내가
서 있다.
밤마다 말 못하고 앓는 나를
대신 짖어 주는.

붉은 하이힐을 신은 여자의
다리 사이에서 빛나는

세상은 잠들었다

무전기에 신호를 반짝이며
방제실을 오르내린다

저벅저벅 닳아빠진 구두의 뒷창 소리
축! 입학, 아들의 하이틴 교복 백화점에서
덤으로 받았다는 시계 소리 째깍이는
밤, 오! 거룩한 밤
밖에는 나를 위해 횟집 간판 출렁이고
싱싱하자고 휘갈기는 이 팸플릿 속엔
벌겋게 찍은 여자의 두 다리가 벌어져 있다
가격도 마음도 가벼워서
새봄, 힘찬 출발 선언과 함께
붉은 하이힐 비틀며
다리를 쩍 벌리고 있자는 것인가
뜬눈으로 추억의 영화 한 편을 더듬잔 말인가

아득하여라, 새봄
IMF 힘찬 출발 선언과 어깨동무를 한

이제 사람을 태우지 않은 김포행 막차가
미끄러지듯 달려간다

낮에는 잠자고 밤에만 탑을 쌓는 야탑역
여기 빛나는 나라 사랑, 다이아몬드를 모아 수출하느라고
노동에 절여진 눈부신 다이아몬드 뼈를.

검푸르게 휑한 눈이

검푸르게 휑한 눈이 돈을 세고 있다
돈을 모르던 눈이다
채곡채곡 넘겨지는 돈의 몸짓 속엔
골수염엔 1년에 한 번쯤은 소뼈를 먹어야 산다는
의사의 목소리가 들려온다
의사의 목소리는 구름 낀 하늘이 되고
그 비 오는 하늘 위로
아이의 육성회비 기침소리가
자꾸만 들려온다
뒤뚱뒤뚱 살기 위하여
눈이 일어서고 있다
엄지 손가락에 꿈 발라 가며
검푸르게 휑한 눈이
칼처럼 일어서고 있다.

화려한 가난의 빛

창이 없는 방은 캄캄하여도 캄캄하여도
갈라진 시멘트 벽 사이로 이끼가 돋는다 이끼가 돋고

스티로폼 사이로 족제비가 넘나든다 족제비가
족제비를 개로 알고 나자빠지는
낮이 되고 밤이 되는 세상 족제비가

온종일 기다리다
눈 빠진 엄마를 그려 놓고
설핏 잠이 들 무렵

온다, 저 언덕을 기어서
일 끝내고 검은 비닐 보자기 힘겹게
교통사고에 후줄그레한 엄마가 올라온다 올라온다
절뚝이는 발자국 소리, 문이 열리고
얼비치는 달 그림자 아아, 달 그림자
찬 이슬 맞으며 네 엄마가 왔다
동대문 시장에서 성남의 숨찬 동네
그 숨찬 동네에서 숨차게

검은 비닐 보자기를 풀면

교통사고에 후줄그레한 엄마가
절뚝이는 발자국의 네 엄마가
얼비치는 달 그림자 속의
찬 이슬 맞으며 숨찬 네 엄마가
네 엄마가
얼비치는 딜 그림자 속에
달 그림자처럼
당당(堂堂)히

왔다!

아내의 김치

김치가 금값인데
티비에 나오는 재산공개 방영 프로를 보며
김치는 역시 금치 —
웃는 사람과 우는 사람 사이에서
삶이 발효되는가
어느 추운 겨울, 김치 한 사발에
단지 밥 한 그릇을 꿈꾸었던
어느 소년 가장의 죽음을 보며
오늘도 김치에 얼굴 파묻은 채
김치를 서성이네

남루한 아내의 앞치맛자락에
시린 별은 반짝이는데
친구가 빌려 준 카메라 치켜들고
아무리 김치 — 하여도
영화 25시의 마지막 장면인가
어줍잖게, 어딘가를 다친 듯
아프고 쓸쓸한 아내의 김치.

동태 한 마리

결혼하고 처음으로
거창시장에서 산 동태 한 마리
아줌마가 묶어 주는 비료 포대 종이에
둘둘 말아 쥐고
마리면 재를 넘어오는 내 가슴에
겨울바람 하염없이 시리더군요
그때는 홀로된 분이시지만
한 쪽 다리를 가누지 못하여
평생을 한 하늘 속에만 지낸 아버지,
가는 데마다 말이 쩌렁쩌렁 울린다고
양철이란 별명이 붙은 할머니 밑에서
아홉 시누이를 다 키워 시집 보낸 당신이
비척거리며 삽작을 걸어나오실 때
비료 포대에 싸인 동태 한 마리
눈동자 녹아 흐르더군요
5남매 가운데 끼어 태어나
날마다 홀로 샌드위치라고
볼을 부비던 어머님께
효도라는 건 별 게 아니었지요
비료 포대에 싸여 오늘도 눈물 흘리는

그때의 동태 한 마리.

흐르는 별

마흔 살 나이에
미용사 필기시험 보러 가는 날
시험지 위로
된서리에 숨죽은 머리칼 하나
쓰러져 아프게 뒹굴고 있다
머리칼의 피막처럼
앙상한 세월 사이로
무안 들판 안개 낀 신작로 위에
아내의 눈동자가 풀어지고
골수를 할퀴고 간 기둥뿌리가
흐르는 도시의 골목마다
감겨 있는데
어지럽게도 피어 올랐던 젊은 날들아
마흔 살 나이도 바퀴 속으로 굴러가고
스산한 바람 살을 부벼 오는 이 세상에
나는
다공성으로 질기게 숨 쉬는 별이 되어
긴 그림자 함께 끌고가고 있구나.

등마루촌 이발사 1

산다는 건
녹슨 못에 걸려 서걱이는
저 시래기 소리와도 같았어
두 아이의 손을 잡고
어르며 달래며
머리를 깎인 한 생명의 노래가
끝내 지폐 한 장을 남기고 사라질 때
다 내려놓지 못한
젊은 날의 꿈을 더듬어 가며
눈은 끝없이 퍼붓고 있었어
덜컹이는 창문 소리에
소록소록 밤은 젖어 오고
사시나무 아래에로 몇 대 남은 차들이
가랑잎처럼 굴러갔어

다 떠나간 성남의 등마루촌을
나는 그냥 품고 있었어.

밤 깊은 사랑편지5
— 등마루촌

먼저 들어와 빨래 해 놓고 밥을 챙길 때
좀 더 늦어질지도 모른다며 공중전화는 끊겼다
쥐 한 마리 푸드득 스티로폼 사이로 몸 빠져나갈 적에
지붕에 천막들은 서로 추운 살 보듬으면서
오래된 돌멩이들의 짓누름으로 흔들리는 세상을 참고
덜컹이는 창문 사이로 흘러 들어온 노을이 부시다
부시다, 스티로폼 사이로 바람 부는 삶
먼저 뜬 별들의 눈물이여
난장판 저 세상에서
공중전화가 끊어진 뒤 걱정,
아픈 다리로 아픈 다리를 간병해야 하는 다리야
노동의 살이 깊어질 때마다
바람은 새어 나가고 목은 마르다
이제 오나 문 열어 보아도
끓여 놓은 된장국은 식어만 가고
여기 높은 꼭대기에서 잎을 피우는
무능한 가장의 그리움이
언덕을 넘어가고 있다.

헌금

밥그릇에 빠져 허우적인다
자식의 장학금 피를 뽑아 사글세 물고
돌아오는 길, 돌아가는 길
눈이 온다 자전거는 은행나무에
고개 처박고 있는데
눈 빠지게 기다리던 사람들이 온다
지하철은 입을 열고 이제야 노래한다
아스팔트에 미끄러지는 자동차의 바퀴 속으로
눈보라, 보라! 몽둥이에 맞아 죽는 개처럼
그래도 퉁겨 보니 월 수입은 이십만 천백 원,
십일조 이만 원은 안돼요
정확하게 이만 백십 원,
뚫어져라 눈을 뜨고 내 삶을 노려보는
별처럼 많은 이 하늘에서
높이 뜬 너를 만나 목울음 삼키는.

휘어진 십자가

그대를 붙잡지 않으면 내가 울 수 있는 하늘은 없다
교통사고 보상금을 빼앗긴 그 고드름 맺힌 거리를 걸어
칼바람에 가슴을 찔러 봐도 날 보듬어 줄 이는 없다
피를 닦고 누우면 잠이 들지만 나의 잠이 아니다
꿈마다 그대를 붙잡고 뒹굴다 잠이 깨면
눈물에 살이 터진 빵을 들고 그대가 웃고 있다
허지만 가엾은 그대는 내 연약한 손길에 더 휘어지고
나는 고드름으로 푸른 망치를 만들어 그대를
또 일으켜 세우는가
휘어진 십자가여
나는 그대를 붙잡지 않고는 하루를 살 수가 없다.

광야

나는 거울 하나 달랑 가지고
광야에서 하루를 보냈네
신문도 없고 TV도 없는
술도 없고 쾌락도 없는 곳에서
거울만 무심코 들여다보았네
돈에 대하여 생각
명예에 대하여 생각
있고 없음의 시간을 떠난 시간들
난 짊어진 게 너무도 많았었네
바람이 불고
내 안에 잡다한 쓰레기들을 다 쓸어 가고
너 세상에 갇힌 삶이여
천 년을 너와 함께 하는 꿈꾸었음을
출랑대면서 너와 벗하였음을
이제야 세상 낚싯줄 접어 놓고
나 흘러가네
비비새 날개 비비며 노래하는 것은
광야를 내 안으로 끌어당겼기 때문
나는 너를 따라가네
저 남한산성 아래 출렁이는 불빛 속에도

광야는 숨어 있었네.

청계산을 오르며

청계산을 오른다
밤 공기를 가르고 오르는 발길 위로
껄쩍새 한 마리 쉬지 않고 운다
봄이 깊어서일까
애당초 이루어질 수 없는 사랑이 없었음을
알았기 때문일까
떡갈나무 어두운 그림자처럼
쇠잔한 우리 육신을 밟고
나는 저 꺾어진 벼랑 사이
지금은 머룻빛 눈물로 골수염을 앓고 있는 사랑이여
그대를 씻는 영혼의 폭포수 찾아
가슴에 푸른 칼 물고 올라간다

바람에 떨리는 별빛을 타고
저 멀리
그대가 켜올린 기도의 불 반짝여 오면
내 발길도 깜박깜박 그 빛 속에 젖는다

타는 듯 내 가슴에 심지를 더 올릴 때
청계산 계곡에는 이슬 내리고

기도처럼
이 밤이 끊도록 껄쩍새 울고 있다.

사랑하는 이여
바람 부는 밤에 나는 더 사랑한다
— 우리가 산다는 건 사랑하는 것이다

그리운 이여
바람이 추운 길에 날이 저물고
이 아슬아슬한 삶의 벼랑에서
그대가 내 손을 잡는가 내가 그대 손을 잡는가
갈대가 서걱이면 나는 서러워
바람 부는 밤에 그대를 그리워한다
하루에 지쳐 나부끼는 불빛들은 곤한 다리를 절룩거리고
사랑하는 이여 그대가 내 손을 잡았는가 내가 그대 손을 잡
았는가
산다는 건 사랑—
바람이 추운 길을 걸어 숨가쁜 사랑
어두운 시대 흔들리는 벼랑 위에서
언 가슴 끌어안고 부비는—
오! 눈물로 우릴 적실 때마다
빛 한 송이 치켜들고 오시는 사랑이여
절망이 깊어질수록
사람의 마을에는 하나 둘 등불이 켜 오고
쿵쿵 어둠을 울리며
그대 오는 소리를 나는 듣는다
사랑하는 이여 바람이 불면 불수록

그대를 숨 쉬지 않고는 살 수가 없네
뜨거운 사랑의 몸살을 앓으며
그대를 껴안고 나는 가네
사랑하는 이여
내일은 오늘보다 더욱 푸르고
바람 부는 밤에 그대를 나는 더 사랑한다.

2

그대의 눈물 속에 엘리사가 서 있다

횡성에서

1988
강원도 횡성 골짜기
슬레이트 지붕 춥다

오만 원 사례비
딸아이 공납금 주고
약초 캐러 올라가던 날
그대는 보리밥 한 덩이 구들막에 묻어 놓았다

이제
마지막 남은 기름 한 병, 보리밥 한 덩이

우리의 엘리사는
어디로 갔는가

총회장 투표에도 들려오지 않았고
불의 사자 온 곳에도 보이질 않았다

강원도 횡성 골짜기
그대를 산에 보내고

혼자서 먹을 수 없던 이 보리밥 위로
그대의 눈물이 흐르고 있었다

그대의 눈물 속에 엘리사가 서 있었다.

1989 목회수첩

밤길 올라
문 열어 보니
연탄불 꺼진 방에
바퀴벌레 꽁지 숨긴다

널려진 밥상 위
헤적이던 시래기국 얼어 있고
수심 많은 에미 눈일랑
빼어 버린 그림일기
나뒹굴고
손가락 빨다
빨다가 추운 울음
그제야 삼키더니

지친 몸
새벽녘에
젖꼭지 문 채
자다 죽었다

불효한 놈이다

병아리 죽도 못 먹은 놈
보험카드 없어
병원 한 번 못 가본 놈.

할머니의 머리카락

보았네

콘크리트 벽장 알전등 아래
아내가 무쳐 온 산나물을 집다가

수심가가 배어 있는
하나님이 숨어 있는

억새풀처럼 모진
질경이처럼 질긴

한 오라지 저 산골에서 온
흰머리를 보았네.

매 맞는 비너스

시장 모가지 위에
아이를 안고 배추를 팔고 있었네
가락시장에서 주워 온 듯한
얼갈이 배추들
가락국수처럼 찢어지고 시들시들한,
그녀의 아이
손바닥에 밥풀이 묻어 있었네
젖꼭지를 더듬듯
아이는 밥풀을 내려 훑어 먹었네

아이의 눈동자 속에
빛나는 별 한 송이 보았네

오다가 다시 돌아보았네
그 별은 아직 복개되지 않은 시궁창에
출렁이다가
매서운 칼바람에 매 맞을 때마다
그녀의 배추뿌리 속에서 빛나고 있었네.

백화점 앞에서

분수대 꿰어오르던 물줄기도 멎고
지금은 팽팽한 걸음들이 끝나는 저녁
백화점 앞 광장에는
흰 조각 선상의 사자가 히히 웃고 있다
발톱을 옹그러뜨리고
몸을 배배 꼬기도 한다
이 시대에 지성은 바닥나고
도인도 사라지고
넘실거리는 것이라곤
먹고 싸 버린 쓰레기밖에 없구나
사자의 꼬리에는 힘이 오르고
아줌마를 끌고 가는 쓰레기통 하나가
먼저 뜬 별이 되어 흔들리네
불볕 아래 닳았던 재즈 음악도
샤워 끝에 떨어지는 물방울에 사라져 가고
아줌마의 때 절은 월급봉투는
꿈꾸는 보너스를 잠재우기 위해
저 손가락 끝에 튕겨 오르는 물방울처럼
펄펄 걸레자루를 흔들며 두드리며
빛나고 있네

하늘엔 별똥 하나 찍히고 있네.

빵집에서

저기 보이지 쇼윈도우 빵집에서
커다랗게 웃는 아줌마, 묵묵히 걸레질로
빌딩 바닥을 닦으며, 몇 번씩 올라가다가 나는
계단에서 아, 눈이 시려 첫 휴가 나온
군인의 발 밑에 밟히는 첫눈처럼 나 같은
사람은 자꾸만 내려앉고 올해는 강추위에
마음도 얼어붙는데 커다랗게 웃음 날리는
아줌마의 입가에 봄이 물올라 목숨의 대못보다
힘 있게 내려치는 삶의 환희를 봐라
수도꼭지 밑에 걸레는 펄렁펄렁 신바람 나고,
몇 번씩 올라가다 나는 계단에서 눈이 시려
어떻게 살든 잎이 피는구나
그대 맡는가 소심한 한 남자를 꽃 피우는
저렇게 싱싱하고 큰 웃음소리.

낙지볶음 앞에서

식당의 천장은 낮았구나
낙지볶음, 산채 비빔밥 따위가 붙어 있지만
너의 등은 고양이처럼 휘어 있고
낯선 곳에서 애인의 발길에 채인
처연한 침묵
말 안 해도 네 마음 알지만
이곳에서 내려다보는 삶은
저 아래 출렁이는 불빛들처럼이나
아슬아슬한 풍경이다
떠난 사람은 자유로웠으랴
판자 틈으로 들어오는 찬바람 썰렁한데
실연, 그 자체를 넘어서서
낙지볶음이나 시켜 보자
처럭처럭 달라붙는 세상의 아픔 따위
달군 프라이팬에다 숨죽여 놓고
매운 맛 짠 맛을 섞어야 하는 게 어쩌면
오늘 주어진 우리의 업적인지도 몰라
슬픔은 슬픔대로 묻어 두고
마침내 가슴에 통증이 불어오거든
쿵쿵 물속 가득히 잡아올린 저 낙지발이나

씹어 삼킬 일
어둠 앞에서도 긍정적인 눈빛을 보여야 할 땐
보내야 한다
달동네만 떠돌던 우리가
착각한다면 시행착오
모래를 씹는 너의 얼굴 속에
살아 있는 낙지를 한 마리 흔들어 보며
노을 무렵
실연당한 네 손을 꼭 잡고서 나는.

조선된장 끓이는 날

음산한 바람 부는 날 부엌에
조선된장 끓이며 흘리는 땀방울
너를 잊어야 내가 자유함을 아는 것처럼
고추 숭숭, 양파 썩써억 썰어 나갈 때
더러 씨알맹인 튕겨 떨어지고
대충대충 끓여 보지만
난 조선된장이라야 살아
자유할수록 눈물, 재채기, 땀은 비벼야 하네
털 것은 털자
방부제는 날 앓게 하니
맛보다는 속을 보아
이것이 비범한 삶인가
뽀글뽀글 끓는 찌개에 맛조개 몇 개를 띄워 보자
알지 못하기로라면야
난 갈수록 자신이 없지만
그래도 내가 강해야 사는 법
엉겅퀴를 캔다는 건 환희의 살을 만지는 것이려니
나의 땀과 콧물 재채기가
이 시대의 흐름에 출렁이며 노래하는 것이라면
알 듯 모를 듯이

조선된장 먹는 법은 매우 매워야 하리.

8월, 저녁 한때의 풍경

한 목숨 바칠 것을 다짐했노라고
한 무리의 완전 군장을 한 군인들이 지나갔다
소똥 냄새 흐르는 길가에 개망초꽃은 흐드러지고
축 늘어진 어깨 위에 업힌 아들에게 어느 아낙네가
삶은 메추리알 껍질을 까 주고 있었다
옥수수밭엔 이따금 참새떼들이 눈치 보느라
출렁이고, 닳은 숨결을 학, 학, 내뱉고 있었다
강물은 이것도 추억이라고 실어 나르느라
여념이 없었고 멍석을 깔아 둔 여느 집 마당 위엔
고추가 빨갛게 오그라들었다
가지밭엔 두꺼비 한 마리가 지나갔다
그 위로 방아깨비 한 마리 포르르 날아갔다
고욤나무 끝엔 목숨을 사위느라
해가 익어 가는데
바랭이 풀을 헤치며 걸어가는 나도
한 목숨 바칠 것을 내 생애 거듭거듭 맹세하며
먼저 뜬 저 별과 함께 태어나고 있었다

순한 소 한 마리가 큰 눈 끔벅이며 내 곁을
철렁철렁 지나갔다

옥수수밭이 어둠에 내려앉고 있었다.

늦가을 무늬

늦은 밤
신길동 골목길
술 취한 사내의 바바리코트 깃에 휘날리는
돌아오라 쏘렌토로—
바리톤 비틀거리는 계단 걸어 올라
휘적휘적 멀어져 가는

어느 떡볶이 장사
자취방 가득 몸살 앓는
실연의 여자 풀어 놓고 가는

실연의 여자, 고무신 속에
산사의 목탁 소리 들리는
신학교 기숙사의 새벽기도 종소리 들리는.

어디선가 개 한 마리

그 모퉁이 전신주 아래
망초꽃 한 포기 쏟아져 있었고
달빛에 무너진 꽃가지에는
오바이트 슬픈 청춘의 꽃자국이 물들어 있었다
장대를 잃고 달을 따지 못한 아픔이었을까
애인을 낚아채 간 바람의 발톱을 잡는 울음소리였을까
타래타래 꽃가지에 걸린 라면줄이 말라 오고
마른 버짐 핀 얼굴로 꽃가지가 시퍼렇게
달빛을 몰고 울고 있을 때
어디선가 장대 같은 개 한 마리 나타나
망초꽃에 묻힌 세상을 헐떡이며 핥고 있었다.

한가위

오늘은 서울이 절반쯤 비었구나
고향으로 달려가는 바람결에 엎드려 절하고
하얀 달구지에 담겨 있던 술을 한 잔 꺼내 마신다
바람 부는 내 가슴에 갈대 나부끼고
갈대밭 사이에 밑씻개꽃 한 송이 무너져 온다
구석진 곳에 밑씻개꽃처럼 뿌려져
형제를 두고도 막혀 버린 길 위에
나는 이 많은 달빛을 다 어쩌란 말인가
달빛이여! 고향의 감나무 가지를 흔들고
이끼 낀 섬돌 밑을 뚫는
기백산 가는 산소 길에 흐득흐득 젖고 있는
달빛이여
돈도 고향도 없는 하나의 세상을
아, 달빛을 마시며 운다.

죽음에 대하여

저 모란시장 즐비한 상점 앞에서
혀 빼물고 죽어 있는 개들 몇 마리
그 앞에 쇠줄로 목이 채인 채 와들와들 떨고 있는
또, 개 한 마리
모란시장은 모두가 개죽음인가 봐
몽둥이로 두들겨 맞아 죽은 개
교통사고로 창자가 터져 죽은 개
벌겋게 꺼멓게 깔려 있는 저 무수한 개죽음을 보며
살아서 산 것이냐
잘못하면 개죽음당하는 오늘의 얼굴을 봐라
좋다고 알랑발랑 땅따먹기에 가슴 부푼 하루였지만
보아라 한 치 앞 몰라 와들와들 떨고 섰는 저
개 한 마리
를 바라보고 섰다가 아뿔사 속주머니에
면도칼 자국이,
서리 맞은 저녁 개죽음은 개죽음이 아니었네
소명은 오늘 하루를 무사히 넘긴 것에
떠 있었네.

칠성선어 모란시장에 오다

모란시장 깊이 들어가면
칠성선어 파는 아줌마 있다
썰물처럼 사람이 빠져나올 때쯤이면
알을 바다에서 낳고 살기는 민물에서 산다는
칠성선어 몇 마리 노을에 부시다
망 속에 담긴 칠성선어 옆에는
미꾸라지, 메기 떼 꾸불텅거리고
이파리 돋는 돋나물이 나와 앉았다
기름집에 참기름 냄새 퍼져 나가고
보신탕 집엔 사랑하는 개고기 노린내 피어오르고
사과장수 궤짝에 사과를 줏어 담는다
바람 부는 모란시장
칠성선어도 이젠 한 마리밖에 안 남았다
갱년기의 모세혈관을 만져 주기 위하여
내가 칠성선어의 눈빛과 마주치자마자
정확하게 칠성선어의 눈을 칼로 탁 치더니
주르르 창자와 피 묻은 간덩이가 아줌마의 손에서
펄떡거리는, 저 철저하리만치 반짝이는 삶,
이제 알전등 스위치를 빼면
어둔 하늘에 별이 쏟아져 내릴 것만 같다

빈 가슴에 브라자 차고 끝없이 몸을 흔들던
품바의 가위 소리도 멀어져 가고
모란시장
얕은 바다에서 낳고 살기는 민물에서 산다는
칠성선어처럼
나도 별빛을 이고 아득히 민물 속으로 거슬러 올라가고 있
다..

청솔마을

날마다 노동에 절여져
어머니 없는 빈 방에 쓰러져 세상 떠난 아버지
시신 곁에 지새는 밤 무서워도
고. 아. 원. 가. 기. 싫. 어. 요.
라면발같이 얽힌 세상의 숲 속에
나는 아버지, 냄새 나는 시신 곁에서
살겠어요

덜컹이는 창문 바라보면
얼어붙은 달빛이 검정무늬 자개장농에 걸려서
아버지, 시신 곁에 바짝 파고들던 시간

열흘이 멀다하지 않아
막막한 방 안에 경찰 아저씨 들이닥쳐
청솔마을, 더는 갈 곳 없는 방죽 너머
큰아버지네 집으로 나 쫓겨 가던 자리

누나는 식당에 취직을 하고
동생도 미국으로 입양 떠날 때
모르겠어, 냄새 나는 시신에 묻어 있는 지독한 그리움

풀풀 날리는 화장터의 잿가루 속에서
뿌리를 내리고 싶었던 청솔마을.

양지동의 노래

양지동이 잠에서 깨어나지 않은 새벽
나의 살던 고향은 꽃 피는 산골을 길게 날리며
한 대의 쓰레기차가 지나간다
차가 흘러가는 골목 어느 술집에는
막노동 품팔이의 하루를 위하여 불빛이 찰랑이고
크리스마스 캐럴처럼 가난한 마음들이 꽃 피는 산골에
축배를 드는데
오늘의 양식 속엔 무엇이 있나
꽁치 한 마리가 지글지글 꿈을 더듬는구나
꼬리 쪽은 네가 되고 머리 쪽은 내가 되는 세상
오늘도 울긋불긋 꽃대궐을 찾아 사라지는 음지에
숨기워져 있던 쓰레기들이 목 메인 울음을 웅성이며,
부석거리며 양지동을 떠나가네.

훔침에 대하여

우리는 훔치고 산다
내가 너를 훔치고 네가 나를 훔치고
우리의 가계수표가 다른 사람의 손에 넘어가지 않기 위하
여
문을 꼭꼭 걸어 잠그지만
누군가가 또 나를 훔치고 만다
훔치는 백화점에 훔치는 소녀들이 모여
배시시 웃음 날리며 내숭 떨지만
알고 보면 엉큼한 장사치가 그녀들을 훔친다
훔치는 것으로 가득한 이 도시의 손바닥 위에
너는 힘을 다하여 기술을 훔치고
나는 목숨을 다하여 돈을 훔치면서
어찌하면 보다 합법적으로 훔칠까를 고민 중이며
들키지 않기 위해 세워 놓은 저 머리칼로
치마끈을 묶으며 온 세상을 훔치고 있다.

등마루촌 이발사 7

비 오는 날 상수도 공사하는 길은
바람에 어깨 가누기 힘든 잡풀보다 곱다
흙탕물이 튕겨 오르는 먼 길을
그랜저 차를 몰고 온 그대 있기에
머리에 신경 안 쓰고 사니 그냥 되는 대로 깎아 달라는
그대 곁에 길을 피해 가는 신발들이 오히려 곱다
꽃을 사랑하지 않은 죄가, 맑은 하늘을 그리워하지 않는 죄가
뚝배기에 밥을 한다고 설친 사내
밥이 죽이 되어 버린 사내,
콩나물 한 움큼의 가계부를 생각하여
아, 이 땅에 피어오른 쥐눈이 콩
어기적거리며 퉁퉁 부어오른 쌀보리
퇴근하면 허물처럼 통치마 벗어 놓고
세탁기에 수건 빠는 아내여
저렇게 퍼져 버린 현미 같은
아무리 없어도 건강을 챙겨야 하는,
시절에 등골이 휘어진
비 오는 날 상수도 공사하는 길 위로
흘러간 배호의 노랫소리가
아침에 올린 찬송가보다 곱다.

섣달, 외국인 노동자의 집

패치카에 장작불이 타올랐다
일제 징용으로 끌려갔던
노인의 쿨럭이는 소리와
빗어도 엉겨드는 우간다인의 머리칼처럼
몽골에서, 심양에서, 파키스탄에서—
저마다의 하늘이 달라
낯선 생의 모퉁이

식당 의자에 기대 앉은
시름 깊은 아낙네의 숨소리
숨소리와 몸 부비며
문풍지 바람이 의자 밑을 파고들 적에
깎은 머리카락을 한 움큼 더
패치카에 집어넣어 보지만
누런 봄 기다려
여기저기 곰팡이 슷는 방에 흩뿌려진
말더듬이들의 침묵은
돌아가지 못한다는 것을
앓고 있는 신음 소리인지도 모른다

밥은 한 끼 안 먹고 살아도
담배는 굶을 수 없어
일어서는 노인의 귀 빠진 내의 조각을 따라가는,
꿈 무늬진 땟자국 위에
막장에 와 닿은 정이 시리고
노인의 주름살 깊은 골 위로
또 하나의 징용살이 발자국이 찍히며 지나갔다

가파른 성남,
저마다 아리랑 하나씩을 품고
전기담요 위로 몸을 누일 때
밖에는 거센 눈보라가 울고 있었다
구릉지대의 깊은 몸 속에서.

사마리아

하수도가 터졌다
물줄기가 아우성치며 날뛰었다
주저앉으면 금방 고드름이 되는,
고드름 길에 지나가던 이 있었다
대전에서 일 보러 왔다는,
꽁지만 받쳐 달라고, 담을 넘었다
신기하다
주인 없는 성남의 산동네에도 사마리아인이 오다니
날마다 개 짖는 소리 잠 오는 동네
엉켜진 해물탕처럼 여기저기 가래 켕기는 곳
여자들은 머리채 잡고 뒹굴고
빤스를 걸어놔도 도둑 맞는 동네에서

계란이 왔습니다 금방 나온 따끈따끈한,
싱싱한 계란 한 판에 이천 원
손에 잡히자마자 노른자가 터져 버리는
계란장수가 도망치는
날마다 개 짖는 소리 잠 오는 동네에서.

3

도림리에서

연잎으로

시월 연못의 연잎들
희끗희끗한 머리 햇볕으로 내어 놓고
푸른 얼굴 안으로 자꾸 감추어 놓고
누워서들 출렁이고 있다
그 연잎에 누워
나도 온종일 연잎으로 출렁이고 있다
연밥 대궁은
새 하늘 바라보고 있다.

바늘귀 속의 연가

어두운 세계에 머리 둘 곳 없이
찬 서리 젖어 가며 내 이름 부르다
이 새벽
낙타의 바늘귀 속에서
허연 머리 날리며 흐느끼고 있다.

밤편지 2

땅을 파고드는 뿌리의 아픔도
수액이 오르는 소리도 무디어지고
봄이 숱한 가지를 흔들며 웅얼거리고 있다
외로움을 삭히고 있다
바스라진 그대의 머리칼처럼
여기 비탈에
가느다란 물줄기로 나를 풀며
그대의 강까지 부서지기 위하여
흐르고 있다.

밤편지5

가을은 간다
초롱초롱 빛나는 울 아가의
눈망울을 안고 퍼덕였던
밤들이
모로 누워 잔 잠들이
가을비에 젖는
코스모스 꽃잎처럼
우둑우둑 떨어져 내리고 있다.

눈 밭으로

눈 밭으로
끝없이 어우러진 눈송이 가지를 틀며 눈 밭으로
발창에 신내가 나도록 바위 끝 고드름 따며
바지가 다 젖도록 눈나무 숲 속에 뒹굴며

썩은 고목을 잡고 도깨비 씨름도 하면서
눈나무 숲 속에 노니는 몇 마리 노루를 좇으며
눈 밭으로
과수원 밭두렁 아래 사과나무 깡탱이* 씹으러 왔다가
후두둑 깜짝 놀라서 흰 뱃창 두 번 내밀고
눈 밭으로 눈 밭으로 둔하게 뛰어간 토끼 한 마리

당산 소나무 위에 넘치도록 퍼부은 눈덩이 때문에
가지가 다 휘어지겠다

어쩌다 한 뭉치 떨어질라치면
이 깊은 산속의 새 떼들에겐 하늘 무너지는 소리
눈 밭으로 눈 밭으로
장화도 없이

굽어진 육십령 고개
길조차 막혔다
이 길을 뚫고
벼랑과 하늘이 뒤덮인 저 눈 밭으로
첫 발자국 찍어 놓고 내가 갈 거야
눈 밭으로.

* 깡탱이: 얇고 가느다란 가지

억새

서로 피 흘리던 여름은 저물었다
같은 땅에 태어나
서로 살아 보자고 칼날을 세우면서
온몸에 가을처럼 멍이 들고
쏟아지는 햇빛의 힘으로 눈 멀었던
세월의 바퀴를 뒤돌아본다
우리 정이 깊어
그래도 어둠의 뿌리까지 눈 틔워 둔 사랑이여
발밑을 흐르고 있는
쑥부쟁이, 개비름다지의 눈물 앞에서도
서로는 야위어 가고
찬바람 부는 이 땅 위에 몸을 부둥켜안고
오늘을 서걱이고 있다.

比翼鳥

시는 높이 타올랐다. 아무도 없는
비닐 하우스 저 켠으로 종이재가 날리고
꽃다지들 땅 속에서 봄노래를 재촉했지만
너를 기다리기엔 나 이미 무너진 몸
타닥타닥 타들어 가는 원고지를 뒤적일 때
원고지 속의 너는 한 마리 푸른 새로 비상하고 있었다
무서워라 사랑이여, 영혼도 몸도 다 팔아 버린
내 생의 빈 들녘에
돌아올 수 없는 시절 켜켜이 불꽃으로 달려와
꽃다지들 저 아래서 꿈을 꺾어 놓고
이제 뜬구름 잡고 흐를 것이냐 막막한, 사랑이여.

청보랏빛 연가

여기는
청보랏빛 향수가 먼
지상의 어느 거리
가뭄에 지쳐
고달픈 하루에도
내 의지하는 님이 있어서

내일은 오늘보다 푸르고
메마른 들판도
바다처럼 출렁인다

어쩌면
기다림으로
흘러온 세월이라도
그러나 이 거리는
청보랏빛 향기
꽃 사연들 술렁이는
사연 마디마다
내 님의 집에 흐르고 있는
청보랏빛 날들이여.

유년의 노래

튀밥 튀기듯 살구나무 아래에 서면
유년의 추억은 강물처럼 뒤척이고
그 강물에 첨벙이는 내 얼굴
흘러온 삶은 살구나무 그늘에 묻힌다
앞으로 가야 할 길에 살구꽃 나부끼고
내가 아프지 않으면 차라리 이상해
이처럼 살구꽃 피던 날들이 있었어
보릿대궁 속에 집을 짓고
봄빛에 젖어 더 푸르던 날들
거기에 무명치마 나부끼는 어머니 흔들리고
내 나이 오늘이었으면
도움이 되었을까 그 시절엔
포르르 살구꽃은 다시 떠내리고
튀밥 튀긴 곳을 쓸어 가듯
살구나무 아래엔 바람 그림자
나는 어쩌지도 못해 보리죽 끓이던
그 호박 잎사귀를 그리고 있었지
유년의 추억은 내 귀밑에 내린
살구나무 사이로 남아 있고
젖꼭지처럼 솟아오르는 듯 살구들의 노랫소리

나 그 젖꼭지 더듬을 적에
묵은 눈물방울 하나
꽃처럼 떨어져 내렸다.

도림리에서

풀잎은 세월을 매달고 있네
디딜방아에 지친 다리 흔들리던
당신의 얼굴도
이 저녁 산길에 싸리꽃으로 피어 흐르고
삽짝을 열면
생솔가지 타오르는 연기에
푸른 눈물이
모시 저고리를 적시며 펄럭이고 있네
말아 둔 멍석처럼 쓸쓸한 집에
오늘도 애물단지를 기다려
소쿠리에 소복히 다래가 담긴 채로
풀잎은 세월을 흔들고 있네.

도림리 1996

참새 떼가 조마조마한 문틈 사이로 파고들었다
고드름 떨어진 처마 끝으로 햇볕은 녹고
흩어진 쌀알들 잠 깨우느라 마음 졸이는
하루가 금세 기울었다
화롯불에 소금 튕겨 오르며 참새 다리가
익어 가기도 전에 나 홀로 샌드위치여, 참새 대가리만한 세상
나와 싸울 것은 나뿐이라서
눈밭에 꿩약을 들고 비들태 고랑까지
새는 신발 끌고서 헤매다 보면
어디선가 멧비둘기 높이 홰치며 날아 오르는 소리.

도림리 1997

미루나무 사이 노을이 탄다
푸른 무우밭 두렁을 훑어
귀뚜라미 목청이 탄다
덕유산 허리 아래
여름도 다 저물어 간다

계곡에 발길에
부딪히는 상수리나무 잎새들
그대 없이 다 어쩔까

들깻단 아래
퀭하니 빈 가슴으로
오슬오슬 찬바람만 불어
코스모스 다 흩어질 때
사는 거 깜깜 안으로 병투성이일 것을

도랑물 소리 하얗게 흘러 흘러
끈덕지게 아프게
찬서리도 깊어 간다.

도림리 1994

방아개비 포르르 발밑에 날아든다
담장을 돌아
삽짝에 풀풀 거름으로 쌓아 놓은
잿가루가 이제는
농사조차 손을 털어 거미줄도 쉬고 있는 곳을

또 메어져 몸이 삭기까지
소담스럽던 한 가족의 웃음들을 안고 있는
아랫채 처마밑의 멍석
다 내보내어 놓고 혼자서 저렇게
꾸려 놓은 것들이다
당신의 손때가 묻고 생각이 배고 한숨이
섞여 있는 이 모든 것들이여
부딪쳐 뚫고 싸워야 하기에 오지 못한,
올 수 없었던 세상살이
나를 부르다 간 자취가
곳곳마다 걸려 있어
살강의 사발 속으로 지난날의 감홍시가 떠오르고
감홍시만큼 익고져 하나 익지 못해
삐걱이는 생의 기로에서

마당에 무성한 풀잎 사이로 날아드는 방아개비처럼
어쩌면 오늘도 하루를 헐떡인다
뉘 집에선가 밥 짓는 저녁 연기 솟아오르는데
툇마루에 앉아서
나는 일어서지 못하고.

도림리 1993

누가 키워 놓은 것일까
아무도 살지 않는 집
마당 끝에 늙은 상춧대가 꽃 피어 날리고 있다
벌써 오동나무 이파리가 떨어지는 가을녘
넉넉하여라 그대는 여전히 팔 벌리고 서 있어
나 삶 저물어 가도 아픈 맘 전혀 없으리.

도림리 1992
― 겨울 성묘

진눈깨비 오는 숲을 걸어
찾아온 깊은 골짜기
홀로 술을 붓는다
응달진 세상에
꿈마다 술이 되시는 어머니여
무덤가에 이젠 이끼가 피고
마흔 살 이 아들의 머리에도 새치가 피고
진눈깨비 속에 새 한 마리 날아 와
오리나무 앙상한 어깨 위에 울고 있다
돌아가는 천릿길에
산이 가려지게 울고 있었다.

도림리 1992

쏙독새 울어재끼다
바람에 몸 누이는 풀잎들 사이로
떠난 이를 가두어 놓고 허수아비로 서서
마지막 불면의 밤으로 보듬었던 빈집을 울다
가거라, 갈 사람은 가야 하고
마당 끝에 피어 있는 무성한 원추리 위엔
바람에 철렁이는 쇠방울 소리에 놀란 밀잠자리 한 마리
출렁이는 하늘로 함께 따라간다
빈자(貧者)의 손으로 왔다 가시 채에 걸리면
뺄 수 없는 나는 더욱 주리고
세상 향해 귀먹으리라
내 허물 다 덮으시고 일생을 풀잎으로 누우신
어머니, 지진 소리에 산천이 울다.

도림리 1998

어느 땐가는 돌아가야 할 곳
밤마다 이슬에 젖은 산국화 들녘 허허로이 떨고 섰는
단풍 흐드러진 산굽이마다
쏟아 내지 못한 내 그리움의 함성 토해 내며
시간이여, 얼굴에 겹쳐 오는 세월의 강물이여
거미의 집 무성한 광을 털어 내고
이제는 반짝여라 그리운 情
사랑했음도 미워했음도
살려고 몸부림친 흔적이었을 뿐
세월만 흘러가는 것이 아니었음을
우리 모두가 어느 땐가는 노을따라 저물어 갈 텐데
보이는 것에 안주하여 아파하는 이파리
땅속엔 꽃다지의 꿈 일어서고 있다
빨리 가지 못하는 마음 밤하늘에 걸려
날개 다친 새처럼 퍼득이고 있다.

내 안의 풍경화

어머님 산소에 갔다가
시집 한 켠에 끼워 둔 패랭이 꽃잎 하나
허덕인 한 해 동안 말라 있다가
오늘 내 눈에
생의 모가지가 비틀어진다
월식에 파먹히는 게 우리의 삶인가
어머님의 산소를 내려놓고
그때 포롱이며 울던 산새의 울음소리도
지워 놓고
이 패랭이 꽃에 박혀 있는 시간마저도
내려놓을까
그러나 그게 너의 말이냐 확신이냐
어머님의 눈처럼 책 속에서 움직이는
패랭이 꽃은
크게 날 세운 내 꿈과 사람들과의
약속마저도 지워 버릴 수 있을지
모든 것을 다 잃어버렸을 적에
내 어깨가 내려앉았을 적에
크고 작은 씨들이 아무것도 아니었을 적에
그럴 적 산소로 갈 수 있을까

없는 날을 향하여
그대 안으로 다시 파고들고 있다.

4
시인 예수

놋뱀

징그런 비늘
뒤척이는 몸뚱아리……
높이 달린 저 장대 위
오, 어둠의 똬리를 틀며 죽어간
역사에 사진 없는 얼굴 하나.

물가에 선 아담

당신과 내가 하나되지 못하였을 때
아무리 보아도 반쪽이었습니다
결혼은 했으나 느낌은 반쪽
사랑하고 미워하고 세월이 흘러가다
나의 삶은
하나를 보기 위한 그림자임을 깨달았습니다
어느 날 호숫가를 서성일 때
물에 비친 제 얼굴을 확인했습니다
갈라지는 물살에도 지워지지 않는
아, 형틀에 달려서야
비로소
당신과 나는 하나되어 있었습니다.

나무

당신이 나를 만나던 그 순간부터
나는 당신 앞에 비바람을 몰고 와 서 있는
한 그루 나무였다
철철 애간장을 다 녹이며
당신을 노예처럼 묶어 놓고 가지를 꺾는
몸채로 휘어진 내 곁에서
피 흘리는 나를 바라보며
낮이나 밤이나 바람 앞의 등불처럼
흔들리고 있어야 했다
붙어 있는 뜨릅매미들의 이파리 떨어져 날아가고
병든 몸 허우적거리며 앓고 있던 날
당신은 살을 찢고 내 줄기 속을 찾아 들어와
온몸에 수액을 바르며
온통 수고로움뿐인 삶이여
내가 하늘을 향해 뻗어 갈수록
낮고 어두운 곳에서부터
별을 불러 모아들이는 당신,
당신의 느낌표 하나
오늘도 내 몸에 불타오르고 있다.

내 마음의 침대

종려나무 가지를 깔아 놓고든
진달래꽃을 뿌려 놓고든
우리는 날마다 호산나 높이 부른다
그러나 막상 돌아보면
피곤한 당신 재워 줄 곳 없어
오늘도 문 밖에서 머무르고 계시는데
내 마음 한시도 잠잠치 못하고
찬 서리에 당신은 젖어 가는데
날카로운 부리로 이 세상 쪼으며
나는 향락을 건축해 가고 있네
당신은 더 낮은 목소리로
문틈을 향해
흔들릴 것도 없이 굳게 잠궈 놓은
자물통 흔들면서
비계 끼는 어둔 세상 깊어 갈수록
거침없이 다가오며 촘촘히
모시베 바닥 같은
인생을 건축해 가고 있네
내 마음 여전히 부산하지만
여전히 내 마음에 머리 둘 곳 찾아

파고들고 있는 당신.

얍복 강변

늦은 밤
아이가 마루에서
양파를 까고 있었다
나는 방에서
성경을 읽고 있었다
눈이 매운 아이는
양파를 까며 울고 있었다
나는
묵시록의 푸른 강을
헤엄치고 있었다.

밤편지1

장대 같은 비가 지붕을 때린다
나는 한 쪽 날개를 장대비에 치어
온종일 신열을 앓고 있다
이 넓은 서울 하늘 아래
열을 삭힐 약이 보이지 않는다
몸은 추워 오고
비가 그치면 창밖을 날아야 하는데
시달려 여윈 당신을 생각하면
빗줄기에 사그라든 기침이 다시 터져 오른다
칙칙한 마루에서 낭자한 피를 쏟으며
마음은 천리 하늘을 뚫고 빗속을 달리지만
덕유산 허리에 걸린 쓸쓸한 예배당 곁으로
그대가 한 송이 원추리 꽃으로 흔들려 올 때
산다는 것은 이렇게 쏟아지는 장대빗속이어야 했다
나의 형벌은 나였을 뿐
저지른 죄를 빗물로 씻으며
내 영혼을, 내 고독을
끌어 모아 당신께 띄워 올리고 있다.

밤편지 6

— 풀씨의 꿈

나는
가파른 이 비탈길에 풀씨 하나 심는다
추위 속에서도 비탈을 지킨 님사들이여
말로 물 주지 말고 노래를 뿌려다오
겨우내 묶여 있던 핏줄을 풀고
구부러진 허리에다
당신의 발자국으로 사람의 침을 놓아다오
곤한 봄이 깊어
등성이를 틀며 풀이파리 피거든
바람 부는 밤에 술 취하는 법,
이 땅을 흘러가는 노랫소리 가르치면서
앎으로 부서진 느낌
햇빛에 맞아 찢어진 살들을
오, 당신의 가슴으로 비벼다오
살옷을 벗고 영혼이 흐느낄 때
풀씨가 꿈꾸는 손을 잡아다오.

시인예수

내 높은 암자라도 한 채 가질 양이면 대숲에 부는 푸른 바람 위에서
당신과 기찬 살 섞겠지만 그 고요의 시를 베기엔 오늘 창자를 타고
날아오는 이 화살이 너무 깊구나 나는 붉은 눈물 뚝뚝 찍어다
내 창자의 붓으로 이 세상을 지우네 찢어진 판자벽 사이로
떨고 있는 당신의 체온을 삼키며 깨뜨린 추위의 파편을
다시 긁어 모아 얼리고 있는 저 가난한 노동자 시인.

밤 깊은 사랑편지

가을비 치적치적 뿌리고
이 비 그치면
스미는 문틈으로 가랑잎 굴러가는 소리를 울어야 하리

덜 깬 싸리꽃 같은
가을의 빛을 맞으면서
흘러가는 생생한 날들의 옷깃을 잡아야 하리

첫사랑처럼 설레이는
그 여름날의 언덕으로
몇 마리의 귀뚜라미를 몰고 가야 하리

귀뚜라미와 함께 손 발이 찬 당신을 깨우며
새벽을 깨워야 하리
서녘에 먼저 뜬 별을 바라보며
또 하염없이 당신을 보내야 하리

물을 찾아서

푸른 버들가지 하나 꺾어 들고 생수 한 모금 찾아간다
찾아간다 저 넓은 서울의 사막 위로 서울을 재우려고
빌딩을 키우려고 내 어머니의 젖가슴에 묻힌 나의 입술이
물결 위에 떠서 펄럭인다
모래 위에 타던 살결 버들가지로 벗겨 내며
출렁이는 물 쏟아지는 눈물 속에
내가 가진 피의 언어를 모두 집어삼키며
강가에 맺힌 갈대의 울음소리를 뜸부기의 기다림을
어둔 밤 내 영혼의 강물 위를 걸어
물을 끌어안고 물을 끌어내며
가뭄에 지친 당신의 가슴으로
나는 달랑 푸른 버들가지 꺾어 들고
맑은 물 찾아 떠나간다.

해설

종교와 노동, 가난의 삼중주

공 광 규 (시인, 단국대 문예창작학과 강사)

직접 생업에 종사하는 이동녘 목사의 시에는 주로 종교와 노동, 가난이라는 세 가지의 지배적인 소재 선택의 경향이 나타난다. 그는 목회자이면서 직접 생업을 위해 일을 하고, 그의 자비롭고 사랑스러운 시선이 항상 가난하고 약한 민중을 지향하고 있기 때문일 것이다.

종교와 문학은 오랫동안 동거해왔다. 모든 문자가 그랬지만 경전 자체가 넓은 의미의 문학이었으며 대부분의 사람들은 경전을 종교로서뿐만 아니라 즐거움 내지는 미적 감동으로 읽는다. 경전 속에는 격언 등 인간과 세계를 간파하는 간결한 문장과 함축성이 풍부한 상징, 다양한 비유와 강조, 변화 등 문학적 요소들이 풍부하기 때문이다. 일찍이 조연현은 『문학과 종교』에서 다음과 같이 말했다.

성서가 종교도 되고 문학도 된다면 성서는 그 내용에 있어서 종교이고, 그 형식에 있어서 문학인 것이 된다.

이것이 종교와 문학과의 관계를 생각하는 첫 출발점이
될 수도 있지 않을까? 즉 종교는 문학의 사상적 배경이
나 기초가 되고, 문학은 종교의 표현 형식이나 그 방법
이 된다는 것이다. 가령, 톨스토이의 경우, 『부활』을 위
시한 그의 많은 작품들의 사상적 배경이나 그 기초는
기독교이다. '사랑'을 위시한 상당한 수의 이광수 소
설은 불교에 그 사상적 기초를 두고 있다. 이와는 달리
처음부터 종교적인 신념을 표현하기 위하여 시나 소설
을 써 온 상당히 많은 종교인들을 우리는 보고 있다. 교
회에서 행하는 설교는 그 신앙의 전달을 언어에 의존시
키고 있는 한에 있어서는 그것은 문학적인 방법이 아닌
가?

성서에서 욥기는 인간의 고난에 대하여, 아가서는 비유를
통해 사랑과 기쁨을 표현하고 있으며, 예레미야서는 감정의
격류를 시의 형태로 나타냈으며, 시편은 노래와 기도와 묵상
의 글이라 할 수 있다. 이쯤 되면, 단순히 문자로 된 모든 것
을 통칭하여 문학이라는 개념에 성서가 들어가기도 하지만
문학적 요소를 갖춘 좁은 의미의 문학에서도 성서 자체는 하
나의 훌륭한 문학이라고 할 수 있다. 성서는 서양에서는 아주
오래 전부터 문학이나 시에서 소재와 주제의 역할을 해오고
있다. 기독교가 우리나라에 들어온 이후 우리나라 문학에서
도 성서의 소재와 주제는 빈번히 나타나며, 이동녘 목사 역시
여기에 전통을 기대고 있는 시인 가운데 하나다.

이 시집에서 종교의 소재가 보이는 시는 「장사리 일기」「아
내의 별」「헌금」「휘어진 십자가」「광야」「1989 목회수첩」
「할머니의 머리카락」「사마리아」「물가에 선 아담」「얍복강
변」「밤편지」 등으로 많은 부분을 차지하고 있다. 그의 시집
을 읽어가다 보면 처음 만나게 되는 시는 「장사리 일기」이다.

    밤마다 연탄 보일러 끓는 소리에 놀라
    우린 시린 손을 움켜 쥐었다
    남강변엔 마른 풀잎들의 몸부림,
    몸부림 속에서 길을 여는 물들의 조용한 소리를 들었
다
    탱자나무 울타리에 싸락눈이 부서지고
    더 많은 길 엎어져 왔다

    천막교회 전도사,
    크리스마스 트리가 사라지면
    아이들도 모두가 사라지고
    뱃속에 든 아이를 달래면서
    여기선 태어나지 않겠다고 바람이 드세게 불었다
    언제까지 소금기둥을 심어야 할까

    토마토 씨 뿌리던 봄이 오고
    꽃다지 논두렁마다 수런수런 피어날 때
    혼자는 남을 수 없어

너와 함께 침몰한 救世軍
모든 것을 던져 버렸다
출렁이며 더 낮은 곳으로 작살을 피해 가는
어느 돌고래처럼 나는.
—「장사리 일기」 전문

이 시에서 시적 화자는 춥고 절망적인 정황에 놓여 있다. 시적 화자이며 시인 자신이기도 한 그의 종교생활이 어떠했는가를 독자라면 눈치챌 수 있다. 이 시의 첫 연에서는 화자가 잠을 자는데 매일 밤 보일러가 고장 나 방이 춥다. 화자의 부부는 추운 방에서 서로 손을 움켜쥐고 체온을 나눈다. 남강변에는 겨울의 마른 풀잎들이 몸부림을 하고, 그 사이로 강물이 조용하게 흘러간다. 탱자나무 울타리에 싸락눈이 어지럽게 부서지고 화자는 그 길을 엎어져 왔다고 술회하고 있다.

둘째 연에서는 화자가 천막교회의 전도사임을 밝히고, 신도가 없어서 크리스마스 트리가 없어지면 선물을 받으러 왔던 아이들마저 사라지는 교회의 실정을 그리고 있다. 아마 신혼인 듯한 화자의 부부는 아이를 뱃속에 가지고 있으며, 이러한 환경에서 태어나지 않기를 바란다는 거부의사를 바람이 거세게 부는 것으로 보여 주고 있는 것 같다. 그리고 기약 없이 어려운 전도사 활동의 어려움을 드러내고 있다.

셋째 연에서는 씨앗을 뿌리고 꽃이 피는 봄의 정황을 이야기하고 있다. 화자가 구세군임을 밝히고 화자 자신을 '작살을 피해 가는 어느 돌고래' 로 대치한다.

이 시 전체를 조망하여 볼 때 시인은 움켜쥐고, 몸부림치고, 부서지고, 엎어지고 던져버리는 강한 서술방식을 사용하여 화자의 다사다난한 인간적 고뇌와 종교생활을 반영하고 있다. 그러면서도 현실을 견디는 내면의 힘을 보여 주고 있다. 특히 '몸부림 속에서 길을 여는 물들의 조용한 소리'를 듣는다는 것이 압권이다. 그러나 시가 후반부로 올수록 심상의 집중이 안되며 독자의 상상을 어렵게 하는 진술이나 표현이 엿보이는 흠이 있다.

이동녘의 시는 종교시가 아니다. 시에 종교적 소재가 보일 뿐이다. 그러한 면에서 기존 종교시들이 갖는 하나님이나 부처님 찬양 일변의 시적 실패를 하지는 않는다. 아마 종교가 그의 생활 속에 육화되었기 때문일 것이다. 그런 의미에서 그의 종교적 소재가 가장 성공한 시는 「할머니의 머리카락」이라고 볼 수 있다.

보았네

콘크리트 벽장 알전등 아래
아내가 무쳐 온 산나물 집다가

수심가가 배어 있는
하나님이 숨어 있는

억새풀처럼 모진

질경이처럼 질긴

한 오라지 저 산골에서 온
흰머리를 보았네.
　　　　—「할머니의 머리카락」 전문

　흰 머리카락에서 하나님을 발견했다는 짧고 간결한 이 시
의 성공은 일상의 사소하고 간결한 체험을 훌륭하게 시화했
다는데 있다. 화자는 알전등이 켜져 있는 방에서 밥을 먹고
있다. 아내가 산나물을 무쳐서 반찬으로 내놓았다. 그걸 젓가
락으로 집는데 흰 머리카락이 나온다. 화자는 그 머리카락의
주인공은 산골에서 수심가를 부르며 나물을 뜯던 할머니일
것이라고 상상한다. 할머니는 온갖 어려움 다 겪으며 억새풀
처럼 모진 삶을 산 사람일 것이다. 길가에 질경이처럼 밟히면
서도 일어서서 견디는 질긴 삶을 산 할머니일 것이라고 상상
한다.
　누가 읽어도 쉽게 상상되는 이 시의 성공은 시인의 적절하
고 쉬운 상상력과 주제의 보편성에 있을 것이다. 그만큼 시인
의 종교성은 일상에 녹아 있으며 일상의 사물과 항상 교합하
고 있다는 것이다. 시 쓰기는 시인의 체험을 언어로 질서화하
고 형식화하는 것이다. 시인은 외부세계 즉 체험의 주관을
시쓰기를 통해 객관화시킨다. 시인이 밥을 먹으면서 할머니
의 머리카락을 발견한 것은 체험이다. 할머니의 머리카락에
서 하나님을 발견한 것은 주관이다. 독자는 할머니의 머리카

락에서 어떻게 하나님이 보이느냐고 항의할 수 있다. 시인의 상상력이 황당하다고 반박할 수 있다. 그러나 시인이 자신의 주관을 예술적 장치와 시어를 통해 독자가 심미적으로 받아 들이도록 객관화시키면 보편성을 획득하게 된다. 반찬 속에 서 나온 한 올의 머리카락을 더럽다고 욕하지 않고 하나님을 발견하는구나. 대단하다, 하고 감탄할 것이다.

　종교의 일상화가 숨어 있는 시는 「사마리아」에서도 볼 수 있다. 아마 화자가 살았던 성남이라는 도시의 산동네에 하수 도관이 터져서 생긴 일화와 풍경이 시로 재현된다. 열악한 주 택환경과 싸우고 뒹굴고 사소한 상술이 판치는 민중들의 일 상이 시인의 눈에 의해 정확하게 포착된다. 그러나 종교 소재 의 시들은 '사랑' 이 시어로 등장하는 여러 편의 시들로 의미 가 전이되지만 대개가 '사랑' 이라는 단어의 특성상 구체성이 떨어져 시화에는 성공하지 못하고 있다.

　이동녘의 시에서 노동 역시 지배적인 소재로 폭넓게 등장 한다. 시집의 순서대로 보면 「흐르는 별」 「등마루촌 이발사」 「밤 깊은 사랑편지」 「매맞는 비너스」 「백화점 앞에서」 「청솔 마을」 「양지동의 노래」 「등마루촌 이발사7」 「섣달, 외국인 노동자의 집」 「시인 예수」 등이다. 노동에 대한 시들은 시인 자신이 직접 생업 현장에서 일을 하거나 대상을 관찰한 것이 어서 구체성을 확보한다. 그의 시 「흐르는 별」을 읽다 보면 화자는 나이 마흔에 미용을 시작하는 것으로 보여진다. 그러 나 이 시에서 창작자는 주제를 끝까지 장악하지 못하여 독자

124

의 상상을 어렵게 하는 면이 있다.

　　　산다는 건
　　　녹슨 못에 걸려 서걱이는
　　　저 시래기 소리와도 같았어
　　　두 아이의 손을 잡고
　　　어르며 달래며
　　　머리를 깎인 한 생명의 노래가
　　　끝내 지폐 한 장을 남기고 사라질 때
　　　다 내려놓지 못한
　　　젊은 날의 꿈을 더듬어 가며
　　　눈은 끝없이 퍼붓고 있었어
　　　덜컹이는 창문 소리에
　　　소록소록 밤은 젖어오고
　　　사시나무 아래에로 몇 대 남은 차들이
　　　가랑잎처럼 굴러갔어

　　　다 떠나간 성남의 등마루촌을
　　　나는 그냥 품고 있었어.
　　　　　—「등마루촌 이발사」 전문

　시에서 화자는 노동의 즐거움보다는 노동을 하고 끝낸 쓸
쓸함과 회한을 말하고 있다. 산다는 것이 녹슨 못에 걸려 서
걱이는 시래기 소리와 같이 메마르고 쉽게 부서질 수 있다는

것이다. 두 아이의 머리를 깎이고 고생한 실제 노동 과정 결과는 지폐 한 장을 남기고 사라지는 것이다. 그 후에 이발소 주변의 눈이 내리는 정경이 펼쳐지고 그 정경 위에 화자가 서 있다.

다른 그의 시 「밤 깊은 사랑편지5」에서 남편으로 보이는 화자는 먼저 들어와 빨래를 하고 밥을 챙겨놓는다. 아내가 늦을지 모른다며 공중전화를 한 뒤 화자의 시선은 주변의 가난한 주거공간으로 이동된다. 쥐가 스티로폼 사이로 달아나고 지붕에 얹은 천막들을 돌로 눌러놓는 주거지다. 시간은 흘러 노을이 창문으로 들어오더니 별이 뜬다. 화자가 밥을 차려놓고 기다리는 사람은 '아픈 다리로 아픈 다리를 간병해야 하는' 아내다. 화자는 노동을 할수록 '바람이 새어 나가고 목이 마르는' 지경이다. 아내가 돌아오는지 문을 열어보지만 오지 않고 시간이 가는 것을 '된장국은 식어만' 간다며 은유하고 있다. 가장인 화자는 무능함을 자책하는 가운데 '여기 높은 꼭대기에 잎을 피우는/ 무능한 가장의 그리움이/ 언덕을 넘어가고 있다."고 한다.

다른 시 「매 맞는 비너스」에서는 가난한 한 여인이 시장에서 배추를 팔고 있다. 여인이 파는 것은 가락시장에서 거의 버리다시피 한 것을 가져다가 파는 얼갈이 배추이다. 여인의 어린아이를 '가락국수처럼 찢어지고 시들시들한' 모습으로 비유하고 있다. 아이는 밥풀을 훑어먹을 정도로 비위생적이다. 그런데 화자는 이런 아이의 눈동자 속에서 별을 본다. 화자가 아이를 지나친 후 다시 돌아와 보니 그 아이의 눈에 있

던 별들은 시궁창에서 빛나고 있는데, 그것이 배추뿌리 속에
서도 빛나고 있다고 한다.
　그의 시 「청솔마을」은 어느 노동일가의 슬픈 운명을 쉽게
보여 준다.

　　　날마다 노동에 절여져
　　　어머니 없는 빈방에 쓰러져 세상 떠난 아버지
　　　시신 곁에 지새는 밤 무서워도
　　　고. 아. 원. 가. 기. 싫. 어. 요.
　　　라면발같이 얽힌 세상의 숲 속에
　　　나는 아버지, 냄새 나는 시신 곁에서
　　　살겠어요

　　　덜컹이는 창문 바라보면
　　　얼어붙은 달빛이 검정무늬 자개농장에 걸려서
　　　아버지, 시신 곁에 바짝 파고들던 시간

　　　열흘이 멀다하지 않아
　　　막막한 방안에 경찰 아저씨 들이닥쳐
　　　청솔마을, 더는 갈 곳 없는 방죽 너머
　　　큰아버지네 집으로 나 쫓겨가던 자리

　　　누나는 식당에 취직을 하고
　　　동생도 미국으로 입양 떠날 때

모르겠어, 냄새 나는 시신에 묻어 있는 지독한 그리움
풀풀 날리는 화장터의 잿가루 속에서
뿌리를 내리고 싶었던 청솔마을.

어머니는 병고에 시달리다 죽었는지 생활고에 시달리다 집을 나갔는지 없고 아버지와 아이들이 사는 노동일가다. 아버지는 날마다 일용 노동을 나갔는데 어느 날 과로로 죽는다. 아이들은 아버지가 죽었지만 고아원 가기가 싫어서 시신을 방에 방치한 채 밤을 지새우고 있다. 달빛이 창을 통해 방 안으로 들어와 자개농과 시체를 비춘다. 이렇게 열흘이 지난 후 경찰이 온다. 아이들은 큰아버지네 집으로 가고 누나는 식당에 취직을 한다. 동생은 미국으로 입양을 간다. 아버지도 노동을 하다 죽자 그 자식들도 어려서부터 노동을 계승하거나 먹고살기가 어려우므로 입양을 가면서 가족은 흩어진다. 시인은 어려운 빈민의 가족 일가를 사실적으로 표현하여 노동 일가의 비극적 정황을 독자에게 전달한다.

이동녘의 시에서 지배적인 주제 가운데 또 하나는 가난이다. 종교를 제재로 하든, 사랑을 제재로 하든, 노동을 제재로 하든 늘 가난이 따라다닌다. 「화려한 가난의 빛」에서 화자는 동대문시장에서 일을 하고 성남에 거처를 둔 엄마의 이야기를 하고 있다. 창이 없는 열악한 주거지에 사는 아이는 밤이 되자 설핏 잠이 든다. 아이는 엄마를 보기가 힘든지 '눈 빠진 엄마를 그려놓' 는다. 엄마는 일을 끝내고 검은 비닐봉지에 무엇을 담아오는 것 같다. 엄마는 교통사고를 당해서 절뚝거리며, 외양은 가난의 때가 묻어 후줄그레하다. 엄마는 집에 도착하여 비닐봉지를 푼다. 그러나 엄마의 가난은 당당하다. 그것이 화려한 가난의 빛이다.

「동태 한 마리」는 아마 시인 자신인 화자의 가족사인 것 같다. 시집에 흩어져 있는 가족사를 다룬 여러 시들이 이 시에 모두 모여 있다. 화자는 결혼을 하고 처음으로 거창 시장에서 동태 한 마리를 산다. 아버지는 한쪽 다리를 가누지 못하는 분이었다. 할머니는 말이 쩌렁쩌렁 울리는 강개한 분이었다. 이런 시하에서 어머니는 아홉 명의 시누이를 키워서 시집을 보냈다. 그런 어머니가 아들이 오는 것을 보고 사립문을 열고 나온다. 화자는 눈물을 흘린다. 그런데 시인은 동태의 눈동자에 눈물이 흐른다며 감정을 전이 또는 객관화시킨다. 그리고 동태를 사 가지고 가서 어머니를 뵙던 기억과 감정은 지금까지도 계속되고 있다며 '오늘도 눈물 흘리는 그때의 동태 한 마리'라고 한다.

그의 시 가운데 아무래도 가난의 비극성을 가장 잘 살린 시는 「1989 목회수첩」이다.

밤길 올라
문 열어 보니
연탄불 꺼진 방에
바퀴벌레 꽁지 숨긴다

널려진 밥상 위
헤적이던 시래기국 얼어 있고
수심 많은 에미 눈일랑
빼어 버린 그림일기
나뒹굴고
손가락 빨다
빨다가 추운 울음
그제야 삼키더니

지친 몸
새벽녘에
젖꼭지 문 채
자다 죽었다

불효한 놈이다
병아리 죽도 못 먹은 놈
보험카드 없어
병원 한 번 못 가본 놈.
　　　　　―「1989 목회수첩」

　이 시에서 화자는 목회자인 시인 자신이다. 시간적 공간은
겨울이다. 어느 신도가 오래 안보였든지 수상한 기운이 느껴
졌는지, 아니면 심방을 갔는지 방문을 열어 보니 연탄불이 꺼
져 차가운 기운이 도는 방에 움직이는 것이라곤 바퀴벌레뿐

이다. 방 가운데 밥상은 그대로 놓여 있고 먹었는지 말았는지 헤적이던 시래기 국은 얼어 있다. 아이의 그림도 나뒹군다. 수심 많은 엄마의 얼굴을 그린 아이의 그림인데 눈이 빠져있다. 어린아이는 배가 고파 손가락을 빨다 추운 울음을 삼키다가 지쳐서 새벽녘에 젖꼭지를 문 채 죽어 있다. 화자는 아이를 불효한 놈이라고 한다. 실제 불효한 놈이 아니라 애정의 역설적 표현이다. 그런데 문제는 병아리죽도 못 먹을 정도로 죽었다는 데 있다. 거기다 보험카드가 없어서 병원 한 번 못 가본 아이다. 시인은 아이를 죽음으로 몰아 가난의 비극성을 극대화한다. 아이의 죽음이 비극적인 것은 정황의 적실한 묘사와 설명 때문이다.

다른 시 「횡성에서」는 가난을 명확하게 형상화하고 있다. 화자는 1988년 강원도 횡성 골짜기 슬레이트 지붕을 얹은 집에 살고 있다. 오 만원의 사례비를 딸아이 공납금으로 주고 약초를 캐러 산으로 올라간다. 화자의 '그대'는 보리밥 한 덩이를 구들막에 묻어 놓는다. 집에 남은 거라고는 기름 한 병과 보리밥 한 덩이뿐이다. 그리고 '우리의 엘리사는/ 어디로 갔'느냐고 한다. 그의 시 가운데 가장 개성적인 울림을 주는 것은 개인적으로 「광야」라고 본다.

나는 거울 하나 달랑 가지고
광야에서 하루를 보냈네
신문도 없고 TV도 없는
술도 없고 쾌락도 없는 곳에서

거울만 무심코 들여다보았네

돈에 대하여 생각

명예에 대하여 생각

있고 없음의 시간을 떠난 시간들

난 짊어진 게 너무도 많았었네

바람이 불고

내 안에 잡다한 쓰레기들을 다 쓸어 가고

너 세상에 갇힌 삶이여

천 년을 너와 함께 하는 꿈꾸었음을

출렁대면서 너와 벗하였음을

이제야 세상 낚싯줄 접어놓고

나 흘러가네

비비새 날개 비비며 노래하는 것은

광야를 내 안으로 끌어당겼기 때문

나는 너를 따라가네

저 남한산성 아래 출렁이는 불빛 속에도

광야는 숨어 있었네.

―「광야」 전문

　　화자인 나는 거울을 하나 가지고 광야에서 하루를 보냈다
고 한다. 광야는 신문도 TV도 없는 곳이다. 술도 쾌락도 없는
곳이니 미개한 원초적 공간일 수 있다. 거기서 화자는 거울만
무심코 들여다본다. 여기까지 거울이 두 번이나 나오지만 아
직 그것이 무엇을 상징하는 지 독자는 눈치채기가 어렵다. 그

다음 행으로 가니 화자가 거울을 보고 생각하는 것은 돈에 대하여, 명예에 대한 것이다. 그리고 지나온 시간을 거울에 비춰보니 화자 자신이 짊어진 게 너무도 많았다고 한다. 이쯤에 오면 거울이 자아를 비추는 상징임을 알수 있다. 이러한 자아를 참회의 바람이 불어 화자 자신 안에 있는 잡다한 생각들을 쓸어간다고 한다. 화자는 '너 세상에 갇힌 삶이여' 라고 절규한다. 여기서 '너' 는 화자가 거울 속에 비춘 자아일 것이다. 이 자아가 세상에 갇혔다고 한다. 지금까지 자아가 갇힌 삶이었음을 반성하고 세상에 드리운 낚시줄을 접겠다고 한다. 그러자 비비새가 노래를 한다고 한다. 새의 노래는 갇힌 자아가 세상의 속박을 벗어나는 자유의 상징일 것이다. 이 자유는 화자가 광야를 내면으로 끌어당겼기 때문에 일어나는 일이다. 그러나 결국 화자는 세상에 갇힌 삶을 거울에 비추어 바로 보는 너를 따라가겠다고 한다. 자기의 본래 모습을 거울을 통해 확인한 화자는 민가의 불빛 속에도 광야가 있다고 한다. 짧게 말해서 세속에 진리가 숨어 있음을 본다는 것이다. 이 시의 성공은 주제적 상징인 광야를 끝까지 틀어쥐고 있다는 데 있다. 그의 대부분의 시가 창작과정에서 주제를 잃어버려 해독이 모호한 것에 비하면 성공작이라고 할 수 있다.

  그의 시에는 '도림리' 라는 같은 제목의 시가 여러 편나온다. 아마 도림리는 화자가 언젠가는 돌아가야 할 곳이지만 지금은 아무도 살지 않는 곳이며, 어머니의 묘소가 있는 곳이다. 덕유산 허리 어디쯤일 것 같은 그곳은 미루나무가 있고

무밭이 있고 귀뚜라미가 있고 상수리나무와 코스모스와 도랑
물 소리가 있는 곳이다. 고드름이 있었고 화롯불과 멧비둘기
와 화자가 꿩약을 들고 다녔던 곳이다. 마당과 담장에 방아깨
비가 있던 그의 유년이 있었던 곳이다. 그의 '도림리' 제목의
시 가운데 아래 시는 완성도가 높다.

> 풀잎은 세월을 매달고 있네
> 디딜방아에 지친 다리 흔들리던
> 당신의 얼굴도
> 이 저녁 산길에 싸리꽃으로 피어 흐르고
> 삽짝을 열면
> 생솔가지 타오르는 연기에
> 푸른 눈물이
> 모시 저고리를 적시며 펄럭이고 있네
> 말아 둔 멍석처럼 쓸쓸한 집에
> 오늘도 애물단지를 기다려
> 소쿠리에 소복히 다래가 담긴 채로
> 풀잎은 세월을 흔들고 있네.
> ―「도림리에서」 전문

  화자가 흔들리는 풀잎을 보며 과거의 사건을 회상하는 이
시는 흘러간 세월과 과거의 정경에 어머니가 겹쳐 서정이 더
한다. 디딜방아가 있었을 때니 화자가 어렸을 때인 것 같다.
디딜방아를 찧던 어머니는 세월이 흘러갔으므로 싸리꽃으로

나 기억이 피어오른다. 생솔가지를 태우던 시절 어머니는 모시 저고리를 입고 있었다. 그런 어머니가 화자 자신으로 생각되는 애물단지인 아들을 소쿠리에 다래를 가득 따놓고 기다리고 있다. 이 시는 처음의 행과 마지막 행의 형태를 같게 하여 전체적인 가락을 주는 수미쌍관법을 사용하고 있다. 다만 첫 행에서는 매달고 있고 마지막 행에서는 흔들고 있다는 대구법이 사용되고 있다.

　　이상 이동녘 목사의 시를 소재 중심으로 거칠게 살펴보았다. 시에서 소재는 그렇게 중요하게 생각하지 않지만 시인의 체험과 시인이 놓여 있는 현실, 시적 대상에 대한 관심과 세계관, 시 전체의 방향을 특징짓는 역할을 한다. 그러나 시에서 소재는 소재로서만 남아서는 안 된다. 소재를 가공해서 감동이라는 생명을 불어 넣어 예술품으로 만들어야 한다. 하나님이 흙으로 사람의 형상을 만들고 생명을 불어 넣었듯이 말이다. 흙에 생명이 없다면 그냥 흙일뿐이다. 시도 그런 하나님의 창조원리와 다를 게 없다고 본다. 그러니 시에 있어서만큼은 소재는 흙이고 시인은 창조주 하나님이시다.